KB070985

남자들의 눈은 전쟁을 동경한다

김사람

시인의 말

아무나 가질 수는 없다
사랑했던
사랑하게 될
그림자만이
너를 발견하리라
무심한 하늘 아래
또 하나의 생이 저문다
비겁한 자유다
한마디 말없이
하루를 보낸 날이면
집으로 돌아와
너를 슬퍼한다
그럼에도 너는 없다
우울하지 않은 척
아무렇지 않은 척
슬쩍 웃어 본다
꽃은 어제 피어났고
사랑은 내일 유전된다

2024년 봄을 앞두고
김사람

남자들의 눈은 전쟁을 동경한다

차례

Ⅰ. 아무 일 아니라는 듯 말했다   7

Ⅱ. 과거의 비는 그칠 줄 모른다   37

Ⅲ. 꿈에도 예의가 필요하다   69

Ⅳ. 남자들의 눈은 전쟁을 동경한다   81

해설

이율배반의 세계를 주시하는 시   114

　—임지훈(문학평론가)

Ⅰ. 아무 일 아니라는 듯 말했다

아무 일 아니라는 듯 말했다

손목을 긋고 싶다고
아무 일 아니라는 듯 말했다

나는 병원에 가 보라고
아무 일 아니라는 듯 침묵했다

밤새 심장이
아무 일 아니라는 듯 두근거렸다

　　　**

네가 머리칼을 눈부시게 염색한 날
네가 나를 생각하는 순간
노을은 아름다웠어

나는 살아서
너를 위해 천국을 만들 것이다

사람들은 물질에 집착했다
인간과 인간을 비교하며
그들의 행동강령
갖지 못하면 파괴하라
하늘에는 0들이 날아다녀
풀리지 않는 공식처럼

초자연적 현상을 외면해야 해
연금술은 미신이다
신들은 교회를 벗어날 수 없다

**

난 너의 고향이 그리운데
그곳으로 바람은 가닿으려나
하늘에서 종이 울리고
땅에서 아이가 태어났다

아이는 모유를 끊은 후
먹지도 자지도 않았다
인간 구실을 못 하는 아이는 곧
죽을 거라 사람들이 말했고
그들은 모두 실어증에 걸렸다

      **

낮에는 햇빛을
밤에는 달빛을
온몸으로 흡수하며
아이는 아이답지 않게 맑아져 갔다

맑은 하늘에서 갑자기 눈이 내리고
아이는
내리는 눈 사이사이 피어나는
겨울 아지랑이를 좋아했다
세상을 뛰어다니며

투명한 화병에다 아지랑이를 넣었다

겨울이 오면
다시

아이는 화병을 닦았다
손과 마음에 주름이 생긴 후에도
투명한 화병을 손에서 놓지 않았다
아이가 죽었던 어느 겨울
햇살 한 줄이 아이를 통과했고

아이의 형상을 한
꽃 한 송이가 바닥에 피어났다

인간과 인간을 연결하는

나의 시가 너의 죽은 나무를 살리기를

나는 여기에 몇 가지 비밀을 숨겨 놓았다 이해가 안 되는 부분이 있다면 넘어가기를 바란다 주파수가 다르기 때문이다 설명할 수가 없다 생각과 느낌만 있을 뿐 파동을 기억하지 못한다 분명한 건 체험이다 나와 너 사이에 존재하는 간격을 인정하지 않고 따라가려다 보면 자칫 지루하고 무료하고 허무해서 차라리 죽고 싶은 생각에 빠질 수가 있다 한편으로는 무작정 나아가는 것도 나쁘지 않다 이 시집은 시가 아닌 시로 만들어진다 하지만 이것이 시다 아니다 말하지 않는다 이 한 편, 시집이 뭐라고 평가하고 주저하고 망설일 일인가 그냥 나아가라 인생은 죽음을 향해 가는 자의 헛소리다 우울한 젊음과 침묵의 절벽 앞에 이르러 나아갈 수도 돌아설 수도 없는 사람들을 위해 써졌다 세상에는 무수한 비밀이 존재하지만 굳이 알 필요가 없는 것과 알지 않는 게 더 좋은 것도 있다 하지만 비밀을 욕망하는 자에게는 복이 있을지다

**

죽은 자의 꿈은 달콤해서
무엇도 누구도 깨울 수 없다
그리도 사랑하던 아들딸의
천둥 같은 울음에도 아랑곳없이
깊고 고요하게 꿈을 꾼다

분명 아빠를 업고
뛰어가고 있었는데

여기는 어딘가
땅 위에 솟은 기괴한 것들과
허공을 묶은 굵고 검은 줄들

그리고 나는 무엇인가

왜 아내가 있고
아빠라고 부르는 아이들이 있나

난 몇 살인 거야
엄마 아빠는 어디 간 걸까

내가 사라진 거라면
이건 또 무슨 기억이란 말인가

        **

최루탄을 마시다 정신을 잃었다
고참에게 주먹으로 가슴을 맞다 숨이 멎었다
나무 바닥에 엎드려 울다 잠이 들었다

무엇이 진짜 기억인지
무엇이 진짜 나인지
모르겠다

이상하다
내 기억 속 세계와는 다르다

그 많던 동물들이 없다
뇌에 문제가 생겼나

낯설다
낯설다
모든 게 비정상이다

＊＊

나는 저주를 받았구나

너를 사랑하게 된 사건과 꽃이 지는 과정 같은
논리도 없고 이론도 없다

확률의 세계다

문신 하나 새기지 못하는
하늘에서 너의 얼굴이 날아다닌다

**

전화기만 종일 바라본다
인간 충전기처럼

사람은 사람의 표정이나 분위기를 눈치채지 못한다

정기적으로 찾는 동네 정신과에는
화분이 또 하나 늘었다
화분 속 화초는 무럭무럭 자란다
환자 수만큼 화분이 많다

인간의 우울을 먹고 사는 화초도 우울할까
의사 앞에서 환히 웃어 본다

출근이다

**

지구와 태양이 마주 본다

둘 사이 시선이 뜨겁다

마스크에게 육상 훈련을 시킨다

100m 200m 800m

멀리뛰기 높이뛰기 투포환

기록을 잰다

마스크가 땀에 젖을 때마다

얼굴을 버린다

마스크는 순위권에 들지 못했다

마스크는 기록을 기억한다

지구와 태양이 멀어진다

둘 사이 시선이 차갑다

       **

대학에서 기타만 쳤다

젊은 교수는 낡은 교재를 읽어 주고
학생들은 필기를 했다

햇살이 불어와 책을 태우고
난 그룹사운드에 가입했다

록은 젊음 자유 낭만이라던
선배들에게 정기적으로 빳다질을 당했다

복종과 질서 속에서 헤드뱅잉을 하며
미래를 규칙적으로 연주했다

우리는 그렇게 어른이 되고
선생이 되어 버렸다

      **

말로 인해 태어나 말에 짓눌려 살다 말로 돌아가리라

나도 사랑하고 싶습니다
왜 신으로 태어나
왜 사랑을 몰라야 합니까
인간이 되고 싶습니다
사랑을 하고 싶습니다

말이 모두 사라졌으면 좋겠어

   **

우리는 모두 신이었다
사랑을 알기 전까지는

그래서 스스로
미래를 비밀에 부쳤다

신을 포기하며

그때는 몰랐다
인간이라고 모두 사랑을 할 수 있는 것은 아니라는
사실을

   **

아이가 땅을 판다
몸을 파고드는 벌레처럼

없어 없어

나무가 쓰러진다
집이 무너진다
길이 사라진다

여기에도 없어
나를 훔치지 마라
땅에서 음성이 들렸다

옷은 왜 입는 거야?
마음을 가리는 마음으로
다른 옷을 입고 다른 말을 해도
같은 감정으로 웃는다

가장 좋은 것들을 진열하고
동시에 같은 것을 고른다

눈치 보고 경계하고 감시하지 않으면
불안해서 불완전해진다
언어의 옷을 벗기고 싶어

말하지 않기 위해 말을 한다
소통하지 않기 위해 소통한다
당신 이름을 부른 뒤
내 얼굴을 바꿨어

부디 알아볼 수 있기를
너의 태어남을 왜 알리지 않았니
눈을 마주치지 말자
소통하기 위해 소통하지 않는다

짝이 다른 양말 신고

바람개비처럼 돌아
구역질을 참으며 숨을 참으며

소리 질러

죽지 않기 위해 죽어
사랑하지 않기 위해

나는 늙어 병들고 아파서 혹은
불의의 사고로 죽는 게 아닐 테다

이제는 그만
죽어도 괜찮다

생각을 하며 죽을 테다
생각은 죽음을 지연시킨다

　　　**

참새 떼는 아침마다 짹짹거리다
돌을 던지면 일제히 날아올랐다

말 탄 기사들이 무기를 날린다

활이 참새의 눈을 스치고
창이 참새의 가슴을 찌른다

구름에 피가 튄다

동네에 나타난 포수의 허리에는
불에 탄 참새가 주렁주렁 매달려 있었다
공기총이란 걸 어깨에 멘 채
무언가를 계속해서 씹었다

입술에 털이 묻어 있었다

    **

어느 날 마당에 떨어진
새끼 참새는 날지 못했다

아끼던 운동화에 넣어 보살폈다
아스피린을 부숴 물에 타 먹였다

길을 잃었구나
죽지 마 살아서 엄마에게 가야지

며칠 후 참새는 날아올라 대문 밖으로 날아갔다

거대한 성 꼭대기에 독수리가 앉는다

       **

긴 호흡을 한다
여섯 번째 차크라에 시간이 고인다

왼쪽 앞다리를 저는
개가 도로를 건넌다
횡단보도가 거미줄인 양
발이 바닥에 붙는다

거미 떼가 몰려든다

나는 너에게 질주하다
다른 이의 몸에 들어와 버린다
새로운 공간에 익숙해질까 봐
숨을 멈춘다

뼈에서 물거품이 생긴다
물거품이 뼈를 녹인다

개는 여전히 걷는 중

　　**

한쪽 눈이 없는 사람이
썩어 가는 발을 긁어댄다
비엔나에서 왔다
자기를 버린 부모가
그저 보고 싶을 뿐이다 말했다

괜찮았는데 모든 게 괜찮았는데
음악이 자기를 파괴했다는 그
한쪽 눈에 보이는
이곳이 천국인 줄로만 안다

         **

사막에서 발견된 소년의 눈에서
모래가 흘러내렸다

         **

2번 줄이 끊어진 기타가
장님에 의해 연주된다 진실은
기타가 장님을 연주한다

왜 우리의 눈과 귀는
우리에게 달려 있어야 하나

너는 여전히 묵음이다

신의 우울을 이해하겠다

　　　**

가위질 당하는
장미가 사랑을 떠올린다
장미는 너를 위해 피었다

잘렸다

**

바퀴 빠진 여행용 트렁크가
사람을 통째 뱉는다
소화도 다 못 시켰다

배가 고픈 트렁크는
여자들을 보며 침을 흘린다

**

시를 쓰지 못하는 시인이
영원을 찾는다 시 속에
영원이 있다 믿는다
시를 못 쓰는 한
영원은 영원에 갇힐 뿐이다

사랑 한번 받지 못하고
죽어 버린 아이가 이별을 한다

사랑은 이별을 환상한다

          **

청거북이 있는 어항
붕어와 자라를 넣는다

서로 장난을 치며

사이좋게 지내는 줄 알았다
사료를 나눠 먹고

하지만 청거북과 자라는
붕어의 몸을 뜯어 먹고 있었다

어느 날 하교 후 집에 돌아오니
청거북의 머리가 보이지 않았다

**

아이를 하늘에 빼앗긴
부모가 밥을 씹는다

신에 대한 복수를 생각하며
혀를 질겅질겅 씹는다

옥상에서 떨어지는 학생은
죽음을 무서워해서
바닥에 닿기 전에 죽는다

드론이 땅속을 난다
방전이 된 채로

해골과 해골을 헤치고
돌과 흙과 모래를 거쳐
하늘을 찾는다

**

6일을 굶은
인간의 눈에 보이는 것은
짐승들이다 인간은
짐승을 짐승은
인간을 보며 군침 흘리고
뼈를 드러낸다

깨진 창틈 사이
얼굴을 밀어 넣고
하늘을 말갛게 바라보았다

긴 호흡을 한다

빛이 멈춘다

가르치려 들지 말며
배우려 들지 말지니
이것은 나의 뜻이 아니다
어긋남

이별이 목적이 되어 버린
여기도 사람 사는 곳이야

넌 사람이 아니잖아

　　　**

틀에 맞춰 살면 인간미가 없고
틀을 벗어나면 인간도 아니다

아빠 틀니는 자꾸만 빠졌다
내가 복싱 마우스피스를
처음 입에 넣었을 때처럼
맞지 않아도 흘러내리던

나와 세계는 태초부터 잘못 맞춰졌다

Ⅱ. 과거의 비는 그칠 줄 모른다

과거의 비는 그칠 줄 모른다

눈앞에서 아이들이 죽어 가는데
세상은 그래도 아름답다 말한다

꽃은 나의 피가 필요하다 말한다
그래
적어도 나는 아름답게 살 줄 알았다

     **

어느 날 자고 일어난 아침
백발이 되어 있으면 좋겠다
아무리 애써 봐도 늙지 않는 마음이
사람들에게 들키지 않도록

나는 습관적으로 살아왔다

     **

낡은 비가 옷을 적신다

개미의 고요는
고래의 심장을 요동치게 해
인간의 사랑을 유발하기도 한다

＊＊

내가 육화한 신이었다니

그는 언제 자신이 신의 아들임을 확신했을까

어떤 기분이었을까

그의 손은 혁명을 일으켰으나
나의 손은 담배만 쥐고 있다

기적을 일으키는 손에게는 녹슨 못이 합당하다

신의 뜻이다

라자루스!

**

어서 오세요
옷은 벗고 들어오셔야 합니다

난 좋은데 당신이 괜찮을는지

체온 측정 부탁드립니다

99.9도? 다시 한 번
−99.9도가 나오네요

고장은 아니니

편히 누우세요
심장이 두 개인 사람에게
흔히 나타나는 증상입니다

눈을 감으시고
숨을 크게 쉬세요

문을 닫겠습니다

시간의 소리를 들으세요

지금부터 당신은
존재자가 아닙니다

눈을 시체처럼 뜨세요

　　　**

이곳은 1020만이 올 수 있다

힙한 패션과 피부 탄력이 아침 햇살 같은 사람들만
허락된다

도시의 중심이다

　　　　**

나는 두 개의 밤마다 너를 생각한다

어느 부둣가에서 환생해

순박하고 평범한 한 사람과

조용하게 늙어 가고 있을

너를 기억한다

나는 두 개의 아침마다 너를 생각한다

밤새워 쓴 시를

저장도 못 한 채

아이들의 웃음소리에 잠이 드는

너를 기억한다

**

사랑은 시간을 놓아준다

죽음아, 너 싫어. 꺼져!
이제 우리 끝이야

죽음이 없다면 환생은 사라집니다
두 개의 얼굴로 영생하시겠습니까

기다림은 추억이 되어 버렸어
시간이 과거를 향해 휘어져 가고

거울 속 나가
거울 밖 나를
애처로이 바라본다
세상에 갇혀 울먹이는 얼굴을

마음은 원래 내 것이 아니다
나와 같게도 뛰고 다르게도 뛰던
처음부터 내 것은 아니었다
엄마 것을 훔쳤다

내 것은 뭐지?

몸도 영혼도 생각도
넌 없어 네 것도 없어

새 몸을 갈아탄 부모는 영생을 해
네 부모도 부모의 부모의 부모의 새 옷과 같다
태초의 부모가 나다

태초의 너를 만나기 위해
최후의 생을 건다

**

너를 만나기 전에는
그래도 행복했다

사람이 무서워 사람 속에 나를 숨겼지만 사람은 나
를 찾지 못했다

언제까지 숨어야 할까
난 태어날 때부터 널 보고 있었어
해가 빌딩 사이로 숨는 중이야
찾을 수 있을까

**

꿈에 네가 죽었어 별일 없지?
누나에게 전화가 왔다
누나야, 난 10년 전에 이미 죽었잖아

나는 또 다른 시간과 또 다른 공간과 또
다른 나에 적응 중이다 아니 견딘다

　　　**

잠에서 깨어 멍하니 누웠다가
세수를 하고 밥을 먹고
해가 지고 나서야
당신이 꿈에 다녀가신 사실을 알았습니다

급하게 도망 다니다 신발 끈을 묶기 위해 앉았을 때
눈이 마주쳤습니다

꿈은 악몽이었지만
한순간만은 아름다웠습니다

당신에게 안부를 묻다 말고
다시 어딘가로 급히 도망가야 했지만요

사실 꿈처럼 희미하고
과거처럼 기억이 나질 않습니다

   **

상처는 우리 안에 중력을 만든다
무의식 안으로 깊이 더 깊이
상처를 구겨 넣어 마침내
인간은 자기만의 블랙홀을 가진다

갇힌다

   **

나는 1976년 겨울 마당이 있는 집에서 태어났다
펄펄 끓는 흰 눈이 눈부셔
세상 밖으로 나오기 싫었다

필사적으로 저항하던 날
외할머니는 녹슨 가위로 싹둑 잘랐다

하얀 피가 멈추지 않았고
머리에는 열 개의 손자국이 생겼다

두 개의 아침이 있던 날이었다

     **

망치 청진기 돈 실타래
나는 돈을 집어 들었다
사람들은 박수를 쳤다

내가 돈을 찢자
사람들은 비명을 질렀다

아빠는 급히 돈을 이어 붙인 후
나의 뺨을 때렸다

난 울며불며 실타래를 삼켰다

엄마는 입에서 실을 뽑으며
재봉틀을 돌렸다

아가야 고운 옷이 완성되었단다
너의 날개가 되어 줄 옷 입고
자유롭게 지상에 머물러야 해

지금부터 이 옷과 아기를 경매에 부치겠습니다
시작가는 1원입니다

1원보다 높은 가격 없으십니까?

   **

어머니께서는 소세포성 폐암입니다
3개월 정도 남은 것 같습니다
마음의 준비를

살 수 있는 확률이 어느 정도인가요

      **

말을 하기 싫었다
연을 날리며 동네를 뛸 때마다
거품을 잔뜩 문 게 한 마리가
개처럼 따라다녔다

넘어지고 넘어지고
무릎마다 헌 데 따까리가 앉았다

피인지 아까징끼인지 늘 붉던

아물어 가던 시간들

아빠는 나를 세발자전거 뒤에 태우고
발이 부르트도록 페달을 밟았다

면 기저귀를 찬 채 콧노래를 부르며
아빠의 뒤통수를 마구 내리쳤다

빨리 더 빨리 게으른 아빠야
엄마가 미래에 죽을 거란 말이야

태어나 처음으로 내뱉은 말이었다

　　　　**

유치원 원복 색깔이 왜 나만 달라요

이 색이 더 예쁘니 괜찮아

원복은 물려 입는 거란다

높은 아이큐나 재산도 물려주실 건가요

크고 멋진 눈사람을 만들어 줄 순 있단다

눈사람은 해가 뜨면 녹아 버리잖아요

인생은 덧없는 거란다

어떻게 살아야 하나요

엄마 말 잘 듣고 착하고 예쁘면 된다

엄마 2002년 10월 1일이 어머니 기일이에요
부디 죽지 말아요

누구 좋으라고? 제발 그만 죽게 내버려 두렴

제가 번 돈으로 해외여행은 가 보셔야죠

대신 천국 여행이 가고 싶구나
돈이나 많이 부쳐 주겠니

사랑해요 엄마 아니 어머니요
엄마는 왜 엄마가 아닌 어머니예요

남과 다른 건 특별하잖니

저런, 연탄 갈 시간이다
도시락도 일곱 개를 싸야 하고
겨울 이불 빨래도 해야 하네
행주도 삶아야 하고
밥때가 다 되어 가는데
애들은 어디 가서 놀고 있는지

고 신정순 여사님
이제 그런 신경 안 써도 되잖아요

우리 다신 만나지 마요

**

학교에만 살아서 추억이란 게 없다
인생의 목표는 학교를 탈출하는 것

책상 모서리에 싹이 돋았다
선생님은 칼을 들고 자른 뒤
본드를 발랐다

냄새가 교실에 자욱했다

몽롱해졌다

누구와 싸워도 이길 수 있지만
착하고 예쁘게 살고 있는 나는

개진호 병신새끼 좆만 한 놈

놀림과 폭력 속에서도 꿋꿋하다

맞는 거 하나는 잘해

아빠에게 엄마에게 선생들에게
조기 매질로 단련된 나
친구들의 주먹 따위 가뿐하다

다 보여 이 개새끼들아

＊＊

매일 아침 말을 가슴에 넣고 출근한다

달그닥 달그닥 적토마 적토마
여포야 물러가라 난 관우다

나의 리듬 너의 리듬

말발굽 소리가 빠른데 난 느리다
도착하려면 길고 긴 시간이 필요하다

시간은 고무줄이다
누가 자꾸만 당겼다 놓았다
길은 고무줄이다
연필깎이 칼 앞에서 무력할 뿐이다

연약하고 부질없는 시간 그리고 길

고통이 지연된다 자갈길이 좋은데
도로와 보도블록만 남았다

자갈 밟는 소리 자갈 자갈
달걀보다 보드라운 자갈

저 둥글고 부드러운 껍질을 깨고
용이 부화할 것만 같다
한때 길렀던 한때 장례를 치렀던
불타는 용을 만나면 견딜 수 있을까
하얀 피를 어디에서 수혈받을 수 있나

이 지긋지긋한 일상

개똥같이 개똥을 밟았다
흘린 케이크를 밟듯 밟았는데

마치 지뢰를 밟았던 그날 밤처럼
여기저기 눈물이 터져 버린다

나의 화와 분노와 증오와 허무와 무기력이 냄새와 뒤

엉켜
    춤추듯 집 안 곳곳으로 퍼진다

    피할 곳이 없다

    늪 같은 지하로 잠수를 하거나
    달걀 껍질 같은 하늘을 깨고 날아올라야 한다

        **

    거룩한 수업 중
    참새가 창문 틈으로 교실에 들어왔다
    아이들은 비명을 지르며 자리에서 벗어났다
    가만히 앉아 조용하라 했지만
    누구도 말을 듣지 않았다

    참새는 몇 번의 탈출 시도를 하다 지쳤는지
    붙박이 선풍기에 앉아 명상에 들어갔다

잠시 후 참새는 창을 향해
최선을 다해 수평으로 날았다

참새는 교실 바닥에 툭 떨어졌다
두 눈을 꼬옥 감은 채 굳어 있었다
창은 깨지지 않았다

아이들이 깔깔 웃으며 수직으로 줄을 섰다

        **

난 슈퍼마켓 주인이 되고 싶었고
뽀빠이가 되고 싶었고
택시 기사가 되고 싶었다
경찰이 되고 싶었고
에스퍼맨이 되고 싶었고
오락실 주인이 되고 싶었고

드라큘라 백작이 되고 싶었고
개그맨이 되고 싶었다
의사가 되고 싶었고
나무가 되고 싶었고
검사가 되고 싶었다
기자가 되고 싶었고
로보트 태권V가 되고 싶었고
영화감독이 되고 싶었다
배우가 되고 싶었고
외계인이 되고 싶었고
손오공이 되고 싶었고
청소부가 되고 싶었고
가수가 되고 싶었다
기타리스트가 되고 싶었고
슈퍼맨이 되고 싶었고
작곡가가 되고 싶었고
백수가 되고 싶었다
성악가가 되고 싶었고

무전기가 되고 싶었고
누드모델이 되고 싶었고
새가 되고 싶었고
별이 되고 싶었고
화가가 되고 싶었다
원탁의 기사가 되고 싶었고
미스터 크롤리가 되고 싶었고
철학자가 되고 싶었고
책상이 되고 싶었고
휴대폰이 되고 싶었고
시인이 되고 싶었고
신이 되고 싶었고
그리고 마지막으로
사람이 되고 싶었다

       **

꿈은 멀어져 가는 것

우리는 이루지 못한 꿈을 시기하고 질투한다

분노하는 나의 시작이다

사랑이냐 우정이냐 선택해

사랑은 변하는 거니
의리를 택할게

우정은 추억에 있으니
사랑을 택할래

사랑 우정은 재는 게 아니야
안녕 아둔한 사랑과 우정

소중한 것은 모두 지켜야 한다
하나밖에 모르던
하나를 버려서

다른 하나의 가치를 높이려 했던

이십 대여

시대는 이기심을 먹고 살지

    **

(노래)는 못하지만 (노래)를 평가하는 건
누구보다 잘할 수 있어

괄호 속 단어가 바뀌어도
문장은 변하지 않는다

나는 투명 글씨로 쓰였다
자 나를 한번 읽어 보라
나를 세상에 드러나게 만드는
당신의 주문은 무엇인가

말해 보라
다정하게도 말고
무정하게도 말며
퇴폐적인 목소리로
지옥스럽게

        **

나는 직업에 대해 말하지 않는다

        **

아이들의 이름을 외울 수가 없다
얼굴도 행동도 생각도 모두 같다
구별을 못 하겠다

책을 펴세요라고 말하자
착한 아이가 말했다

넌 누구세요?
아이들이 해맑게 웃었다

마음 여린 아이가 말했다
쌤은 칼로 찔러 죽이고 싶게 생겼어요

아이들이 눈물 나게 웃었다
난 그 말을 한 아이를
찾을 수 없다

   **

바람을 타는 자는 의지가 없어
너는 시대 너머에 사는 사람이잖아

봄에 지는 꽃은
기억의 가장 아픈 부위를 베며

떨어진다

Ⅲ. 꿈에도 예의가 필요하다

꿈에도 예의가 필요하다

얼굴이 사라졌다
그림자만 덩그러니 달렸다

누가 스위치를 내렸는가

얼굴이 사라졌을 뿐인데
세계가 어두워졌다

　　　**

오늘은 내가 더러운 날
거울 속 나를 보지 않기를

오늘은 내가 부끄러운 날
이불을 뒤집어쓴 채
아내의 화장하는 소리와
딸들의 가방 챙기는 소리를 듣는다

연우야 연서야
거울 속 나를 잊기를

오늘은 내가 죽고 싶은 날
거울 속 나를 죽이기를

내일은 내 일이 있는 날
그래서 내일은
살아야만 하는 날

영원히 죽지 못해

거울 속 나를 꺼내 주기를

**

두 개의 밤이 있던 날
야외무대에서 노래를 한 곡 불렀다

무슨 노래였는지 모르겠다
나처럼 쓸쓸한 느낌이었나
화장을 떡칠한 로커의 노래 같기도

무언가를 찬양했던 것인지
저주했던 것인지
광기에 취해 모든 게 아련했다

기름진 고등어를 뒤집다가
손에 불이 붙은 적이 있었는지도 모른다

조명은 사람들의 얼굴을 지웠다 그 사이로
어제 죽은 아빠의 영혼이 플라스틱 의자에 앉아 있
었다

미안했다 병간호를 몇 달 하며
당신이 그만 죽어도 좋겠다는 생각을 했다

아빠 김우봉 씨는 2007년 5월 19일에 심장이 멈췄
고 나는 심폐소생술을 거부했다

관객들의 박수와 환호
나는 행복한 미소를 지으려다
가사를 잊어버렸다

망각도 습관이다

잊힘은 내 비극의 시작
또다시 사랑을 원하고
시를 끄적일 수 있다니
몇 년 만에 시를 한 편 쓰기 시작했다

**

언제 끝맺을 수 있을지
내 모든 시는 미완성으로 끝난다

끝없는 끝을 향해 다가가는 것
닿을 수 없는 그곳
그의 눈을 말없이 한참 들여다보고 싶다
혹사하지 않는 삶에 무슨 시란 말이냐

몸이 불타고 남은 재 속에서
시는 날아오르는 거야

당신이 어딘가를 보며 미소 지을 때
새가 날개를 접으며 마음을 가린다

　　　**

오늘은 카메라에 둘러싸여 연기를 했다
나와는 어울리지 않는 배역
너무나 순수해서 세상에 존재하지 않을 것 같은 인물
어디에도 존재하지 않으니 마음대로다
선택을 할 수 있다는 건

미래가 있다는 것
밤새 대본을 주문처럼 외웠다

내가 이 사람이 되게 해 달라고
그 사람을 용서하게 해 달라고

내 얼굴은 과거형으로 편집됐다

일하지 않고 살 수 있는 방법은 없을까
개처럼 새처럼 먹고 자고 낳고
뒹굴고 날고
나에겐 그것이 평등이다

내가 잘 먹고 잘 자고 잘 놀기만을 바랐던
어머니, 바라기만 했던
그래서 세상은 불공평하다

난 착하지가 않아요

**

머리를 탈색했다
내 안에 있는 검은 기억을 빼내고 싶었다
사람들이 노랗게 변한 나를 비웃었다

세상은 검정으로 가득한데 니까짓 게 뭐라고
머릿속에서 밤이 두두둑 떨어졌다

**

내일은 예능에 출연한다
처음 본 사람들에게 속내를 드러내는 것이 편하지가
않다
궁금하지 않은 질문을 해야 하고
재미없는 대화에 반응하고 웃어야 한다
시청자들은 왜 이런

사소하고 개인적인 것들에 열광하는지

표정이 계획대로 만들어지지 않는다
시체처럼 앉아 있다
여기가 어디이며 난 왜 태어났나
학창 시절 친구들과 어울려 다니며
멋지게 논 것도 아니고
공부를 열심히 한 것도 아닌
그저 그런 시절만 떠오른다
죽은 사람들은 지금 무엇을 하고 있을지

주변은 온통 죽음투성이인 줄 알았는데
알고 보니 나만 죽음에 갇혀 있다
누가 이 부적 같은 번호표를 떼 주면 좋겠다
그러면 다시 살아날까

미래를 준비하다니
난 이미 죽음 속에 머물러

세계에 존재하는 모든 시계가
그의 눈이었다

과거 현재 미래
언제 어디서나
눈을 감는 법 없이
모든 것들을 감시했다

아빠가 남긴 시계를 찼다
약을 갈아도 가질 않았고
고장 난 곳도 없었다

시간이 멈춰 버린 시계는
쓸모가 없다고들 했다

쓸모없어서가 아니라
시간이 신이라서
이제 그만 놓아줘야겠다 생각했다

Ⅳ. 남자들의 눈은 전쟁을 동경한다

남자들의 눈은 전쟁을 동경한다

이상한 물건을 하나 주웠다
너는 그것을 탐내
나를 죽이려 했다

내가 아는 것이라고는
너와 이상한 물건
그 둘이 전부였다

살고 싶은 것은 아니었지만
위로 던져 버렸고
너는 그것을 쫓아
하늘 속으로 들어가 버렸다

　　**

이상한 그 물건 때문인지 너 때문인지
나는 종일 혼자였다

화분에서 처음으로 꽃이 피어나는 날
너는 봄을 아니?
햇살이 가장 좋은 날
이상하게 가슴 설레어

좋은 일이 일어날 것만 같은 날
가장 사랑하는 사람이 눈을 감는 날
그런 예의 없는 봄을 어떡하니

나는 그 물건을 버렸다

＊＊

지난 몇 달과 앞으로의 시간은 백지 속의 암흑
집에는 짖지 않는 강아지와 한 그루의 말라 버린 행
운목이 있다

넷플릭스, 유튜브, 케이블TV

24시간 내게 말을 건넨다
말만 하고 귀를 닫는 사물들

넌 기본기가 더 필요해
넌 기본기를 닦다 죽을 거야
종교와 역사 예술 과학 우주가 가득 들어찬 잡동사
니 속에서
모든 것에 전문가가 되려면
몇 번의 생을 더 살아야 할까
그래서 영생을 원한다
세상은 배움으로 가득 찬 곳이니까

모든 것을 익히게 되는 순간
나는 신이 되어 있을 것이다

새로운 우주를 탄생케 하리라

몇 년에 한 번씩 기억되는

몇 년을 까맣게 잊혀버린
긴 시간 동안
나는 화장을 지운 채
허름한 체육복을 입고서
TV 속 인물들과 대화를 할 것이다

통장 잔고에 대한 생각과
불안한 미래에 대한 걱정은 하지 않으려 애를 써 가며
유명한 연예인처럼 울었다

＊＊

동심은 아름답지 않다
그리울 뿐이다
언덕은 모두 사라졌다
노랫소리도 없고
첫사랑도 없이
줄 끊어진 연만 날아다닌다

**

너를 보다가도
나도 모르게
초점을 잃어 간다

남자들의 눈은 전쟁을 동경한다

**

지금 이름 불리는 학생은 남으세요
초등학교 선생님은 말했다
나머지 공부
공부한 후 또 공부라니
난 그렇게 남는 게 싫어졌다

남자들은 남아!

대학에서 직장에서 자주 들었다
아 또 무슨 일일까

남아서 좋은 일은 일어나지 않는다

시한부
시험
순위권 밖 사람들
군기 잡는 얼차려
각목 빳다질, 힘쓰는 일, 뒤치다꺼리,
술자리

언제부터인가
남은 것은 쓸모없는 것이었다

맞다가 기절하고
술 먹다가 기절했다

남자들의 자부심
누가 시키지 않았는데
아무도 기대하지 않는데
알아서 기는 남자들

＊＊

한 선배가 말했다

무슨 남자가 술도 못 마시노
매력 없어

여러 선배들이 말했다

병신새끼 좆 떼라
술도 못 처먹는 새끼
내 눈앞에 띄지 마라

남자 망신 다 시키는 놈
술맛 떨어진다

끝이 없어 보였다
남자인 내가 싫었다

    **

기억나지 않는 기억을 위하여
쓰인 시가
어른들의 눈높이에 맞지 않는단다

나는 어른이 아니다
아이도 아니다
청소년도 아니다
눈 없는 사람으로 치자

아이들은 울다가 웃다가

생각에 잠겼다
며칠이 지나도 시 때문에
공부도 놀이도 스마트폰도
할 수가 없었다

학부모들의 민원이 들어왔다
감히 시를 가르치다니

아이들에게 시는 금기야
무책임하고 비교육적인 어른이라니
정서적 학대 행위를 저지른
몰염치 인간에게 징역형을 선고해
사회로부터 격리해야 해

시인이란 종족은 청소되어야 한다
꿈꾸는 자의 머리를 잘라야 한다
현실에서 꿈을 분리해내어
우주에서 소각시켜야 한다

시인은 추방되어야 한다
나는 우주를 떠다니는 시인이 되고 싶다

        **

에델바이스 대구 에델바이스 대구
누가 에델바이스 대구의 벚꽃을 쓸고 있다

처음 간 공원 처음 본
흐드러져
기억나지 않는 너를 기다린다
오늘따라 햇살이 불결하다

습관처럼, 대구는 꽃을 내렸다

손님 없는 극장 매표소와
낮은 돌담
미래를 보여 준다는 연못 그리고

녹이 슨 나무
당신들의 세계가 잠에 취한
밤사이
내 사랑은 허물어졌다

꿈이 없어 시를 썼다
모르고
몰랐다
내가 쓴 시를 볼 때마다
죽음을 무서워하는
내 삶이 부끄러웠다

형체 없는
코로나와 전염병의 도시
혼자 밥을 먹고
혼자 사랑하고 이별하는
혼자인 오롯이 홀로인 인간

누구도 나를 관찰하거나 기록해 주지 않았다
우린 너무 착하게 살았어
태어난 순간부터
고인 형체로
악취만 남아
악취 없는
인간은 인간이 아니야

만족 없는 만족
행복 없는 행복
자유 없는 자유

너 없는 너
나 없는 나
나 없는 너
너 없는 나

아직도 시가 사랑이라 믿니

사랑은 액체야

정차하지 않는
멀리서 바라보며
머릿속만 하얘지는

역은 습관처럼
눈을 내렸다

꿈에서 깨어
너를 찾았어

바보같이
바보와 같이

세계가 변하고 있어
내 세계가 변하고 있어

변신하지 않는 것은 추억뿐이야

모든 것을 얼려 버려
박제된 죽음 박제된 그리움
박제 박제 박제된 환멸

그리고 삶
시간을 가지고 싶었다

나는 인간을 발명했어

멋대로 생각하고
감정에 사로잡힌
실패작이었지

말라붙은 물그림자 되어
너를 바라봤어
이봐 이봐

가여운 이름
발음되지 않는

네게서 온 편지를 종일 읽는다
글자들이 흩날릴까
바람이 여리게 분다

시계 찬 남자가 죽었어
초시계가 미래처럼 움직였다

마음은 조작되었어
양을 세어 봐

늑대가 나오면 어떡하지

즐겁게 뛰어노는 상상을 해

놀고 싶어 잠이 안 올 거 같아

소름 대신 털이 돋아나
사실 모든 죽음은 나의 죽음이야

오늘만은 살아 있는 눈으로
너를 바라보며
영혼 없이 이별하자
꿈에 젖어 시를 쓸 거야

사람을 버리고
죽지만 마 죽지만 마
죽지만
마 음은 네게
조금 떼어 놓을게

지금부터 너의 마니아
적 욕망을 이용할 거야

사생아가 웃는다

무지함을 비웃고
욕망을 찬양한다

신생아가 경악한다
부모를 폐기하고
경쟁하듯 애도한다

오늘은 세상에
없는 시를 쓸 수 있기를

내일은 시 없이도
아름다운 세상이기를

집으로 가는 길
잊어버리고
잠이 들었다
밤이 흘러내려 눈을 덮는다

오지 않는 너를
기다리다 잠든 새벽
첫눈처럼 다녀갔다는
소문만 무성했다

습관처럼 대구에 별이 내렸다

그만 좀 나무라세요
내가 뭘 그리 잘못했나요
진짜 중요한 말은
하지 않는 거예요
이생에서는 환자란 말이에요

당신 앞에서 양말을 벗어
내 마른 발을 보여 줄게요

멸종된 신들이 부활하는 집
훔친 성경 훔친 기타

빼앗긴 감정으로
인간의 의미를 탐구해

우린 너무 나무처럼 죽었어
벽이 가득
벽이 아늑
훔쳐보는 눈을 즐거워하는
나에게 와서
너를 가져갈 순 없겠니

          **

뿌리가 내 발목을 잡았다
나무가 해일처럼 밀려오고 파도친다
늪이다

추억일 뿐이니 가져가라

모르겠다 우린 왜 살아야 할까

어머니의 자장가가 듣고 싶다

녹음기도 하나 없던
동영상도 하나 없던

별빛에 축축한 잔상이 비친다

**

어쩌자고 벚꽃은 4월에 피어
가장 예쁠 순간에 지는지
비에 젖어 우는 새를 보았다
소리 하나 없이
비는 오지 않았고
벚꽃이 소란스레 졌다

**

쓸쓸하니 밤이다

만난 적 없는 시인과
사랑을 나눴다

부끄럽다
숨을 곳은 나밖에 없다

인간의 마음은
과학의 쓸쓸한 부분

인간 1이 죽고
인간 1이 태어났다

거울을 자주 봤다
나는 변하지 않았다

거울을 오랜만에 봤다

나는 늙었다

점이 모여 선이 되고

선이 모여 언어가 되고

언어가 모여 인간이 되고

인간이 모여 신이 되었다

최선을 다하는 순간은

죽는 순간이어야 한다

죽음에는 저작권이 없다

**

사람 자네 듣고 있나?
왜 모른 척 지나가는 거야
넌 나를 알고 있어
이제 그만 물음에 답을 하시게
사람들은 내 질문을 들을 수 없고
내 모습을 볼 수 없으니
눈치 보지 말고 나를 마주하시게

내가 살아 있는 존재라는 걸
사람들에게 증명해 보이란 말일세
시는 적분된 언어
인수 분해 하면 사라지는 마음
언어와 대상 간 일대일 함수를 찾는
여정 따위의 말로 사람들을 현혹시킬 순 없는 법이지
않나
나누어떨어지지 않는 언어로

결합된 수는 해체되지 않음이야

진정 수는 무한한 것일까

무한은 순환을 의미해

0을 꼬아 놓은 건 ∞

0은 셀 수 없는 숫자

모든 셀 수 있는 수는 무한의 수를 내포한다는 말이야

0+2 0+3 0+5 0+7……

우주가 무한히 커져 가는 이유를 아나 어딘가에 닿기 위해서야

그 어딘가는 무엇일까

바로 새로운 공간 새로운 시간 새로운 차원 새로운 기억으로 수렴하기 위해서야

우주가 천연 라텍스 같은 물질로 이루어져 있다고 생각해 보게

누빔점에 이르는 순간 급속하게 수축되며 우주의 모든 것들은 역방향으로 움직일 거라네

끝없이 줄어들며 뒤집히며 거꾸로 흐르는 우주 결국 무한대는 우주의 근원인 무만 존재했던 태초이던 하나

의 점에 지나지 않던 0으로 수렴되기 위한 무한 확장에
다름 아니란 말일세

　∞는 결국 파국이고 종말이고 죽음이라네 죽음을 향
한 생명의 탐욕스런 확장이 삶이고 우리의 생이야 무한
을 풀어 버리면 0이 되는 이치를

　이제 좀 이해하겠나 공은 버린다고 오는 게 아닐세

　사고의 극한에 닿아 꼬인 무한의 매듭을 풀 때라야
발생하는 개념이지

　세계와 생에 대한 극단의 사고에 이르는 순간 시가 존
재하는 거라네

　0은 부재_없음이고 없음은

　영원히 없었던 것이 아니라

　있었던 것이 사라진 것을 의미해

　사라진 자리에서 새로운 것이 발생하는 0은 탄생의
공간이야

　새로운 차원으로의 무한 질주와 여행 흥미롭지 않나
나와 자네 바로 우리가 꿈꾸는 수의 세계이자 시의 세계
라네

나는 여전히 너의 세계임을 자네의 근원인 소수로서
존재함을 부디 기억해 주시게나

　　　**

너의 집을 무너뜨린 자리에
거대한 성을 지을 테다

시계를 치우고
거울을 깨고
출구가 없는

아름다운 성을 지을 테다

　　　**

점을 봤다
무당은 점사를 말하지 않고

히죽히죽 웃기만 했다
처음부터 두 다리가 없었던 것처럼
움직일 수 없었다

널 우연히 다시 만날 확률은

혼란스러운 확신이다

      **

아직도 내가 학교 선생이라니
영원히 잠을 깨어

최선을 다해 죽자

죽은 아이를
죽은 부모를
죽은 시를

죽은 교육을
죽은 사랑을
죽은 신을
죽은 사회를

살릴 수 있을까

주사위를 던진다

신은 우울해하지 않는다

저기 빛이다

나
갈라진 땅에서 비가 왔다

나무에 싱그러운 별이 열리면
밤은 더욱 어두워져야 한다

우리는 눈 감고 마주 보며
부끄럽게 혀를 내밀어 보리라

보다 나은 감각과 상상은
문 앞에 남겨 두기로 한다
그리하여 내일이 손잡고
너와 함께 나의 꿈속으로
뚜벅뚜벅 걸어올 것이다
여기 오늘
내 모든 마음 건네지 못함은
내일도 살아서 천진하게
너를 맞이하고 싶기 때문이다

천년을 불어오는 바람은
망설임도 지침도 없이
너를 찾아 오래 헤매었다
나는 세상을 알지 못하는
갓 태어난 기린처럼

네 몸에 내 조그마한 마음을 기댄다
너의 다가올 과거와 미래 그리고
잊을 수 없는 현재에 손을 내민다
호기심 가득한 눈 속에
사랑은 한생을 머물다 간다

별이 사라진 밤
나는 너를 환상한다
가장 누추하고 보잘것없는 고백이
서러운 심장에 뿌리내려
너를 위로해 줄 추억이 될 때까지
바다 품은 빙하를 향해 걷는다

해설

이율배반의 세계를 주시하는 시

임지훈(문학평론가)

1.

본격적인 이야기를 하기에 앞서 잠시 생각을 멈추자. 적어도 지금까지 당신이 읽어 온 '시詩'에 대해서만큼은, 떠올리지 않기로 하자. 아마 이 말로 인해 당신은 지금까지 당신이 읽어 온 '시'가 어떤 게 있었는지 떠올리게 되었을 테지만, 그렇다면 그것만이 '시'가 아니라는 생각을 해 보도록 하자. 나는 종종 그런 생각을 떠올리곤 한다. 아마도 직업적인 특성상 '시'를 너무 자주 접하기에 드는 생각일 텐데, 대체 '시란 무엇인가'라는 것이다.

물론 우리는 모두 어려서부터 '시'를 접한다. 인간의 현상에 대한 감각과 감정을 고도로 절제된 언어를 통해 함축적으로 운용하는 형식이 '시'라는 것을 우리는 알고 있다. 하지만 이와 같은 정의는 단지 말뿐이지 않은가. '시'란 무엇인가라는 질문에 대해 실제 우리가 떠올리는 것은 정의가 아니라 각자 자신이 생각하는 정전正典 격의 작품인 경우가 많다. 예컨대 '시'란 무엇인가라는 질문에 누군가는 김소월이나 정지용, 이상과 같은 고전을 떠올리거나 근래에 자신이 읽은 시를 떠올리며 나

름의 답변을 내놓을 테지만, 그것을 과연 '시란 무엇인가'라는 질문에 적확한 답변이라 말할 수 있을까?

'시'란 무엇인가에 대해 적확한 범위와 정확도를 갖춘 답변은 과연 무엇일까. 최소한의, 그리하여 최대치의 범위를 수용할 수 있는 답변이 있다면 그건 다음과 같을 것이다. '시'란 일상어가 아닌 언어의 세계로서, 일상어로는 포착할 수 없는 세계에 대한 포착이자 일상 속에서 밀집되어 고정된 채 있는 의미를 산종시키고 교란시키는 작업이라고. 이때 '시'란 일상어의 여분으로서 우리의 상식적인 감각과 일상적인 언어 사용에 대한 일종의 반란이다. 작품이 그려내는 이미지는 다시금 자신에 대한 정의를 배반함으로써 비로소 '시'의 자격을 얻게 된다. 만약 특정한 작품이 자신에 대한 정의에 함몰되어 그 바깥으로 벗어나지 못한다면, 그러한 정의가 일상어를 통해 구축되어 있다는 점에서 저 최소한의 정의를 충족시키지 못하는 것이 되고, 역설적이게도 '시'는 그 정의에 부합함으로써 그 정의에 미치지 못하게 되는 이율배반에 빠져들게 된다. 따라서 '시'에 대한 정의는 다시금 다음과 같이 반복된다. '시'는 자신에 대한 언어적 정의를 배반하는 형식이다. '시'는 근본적으로 이율배반의 형식이다.

2.

김사람의 시가 시작되는 것은 바로 이 근본적인 이율 배반의 지점에서이다. 그것은 일상어의 여분으로서, 우리의 일상적 언어의 감각에서는 포착될 수 없는 세계에 대한 응시이자 동시에 그와 같은 세계가 자신의 언어로 온전하게 포획될 수 없다는 것을 알아차리는 순간의 기적이다. 따라서 시인의 시적 행동은 그 시작 지점에서부터 이율배반의 감각과 그것의 포착이라는 시적 사투와 결부되어 있다. 물론 그와 같은 포착은 언어를 통해 완수될 수 없는 것이기에, 이 시적 사투는 결코 끝나지 않으며 계속해서 미끄러진다. 하지만 이 과정은 그 자체로 의미가 있다. 미끄러짐 그 자체가 하나의 경로를 형성함으로써 모종의 의미를 포획하기 때문이다. 그런 의미에서 김사람의 시는 단순히 자신이 목도한 현상의 정서를 아름다운 낱말의 조합을 통해 표현해내는 것이 아니라, 그 이율배반의 구조를 깊이 탐색함으로써 자신이 다루는 형식 자체에 대한 근원적인 질문을 이끌어내는 '성공과 실패'를 반복한다.

나는 여기에 몇 가지 비밀을 숨겨 놓았다 이해가 안 되는 부분이 있다면 넘어가기를 바란다 주파수가 다르기 때문이다 설명할 수가 없다 생각과 느낌만 있을 뿐 (중

략) 이 시집은 시가 아닌 시로 만들어진다 하지만 이것이
시다 아니다 말하지 않는다 이 한 편, 시집이 뭐라고 평가
하고 주저하고 망설일 일인가 그냥 나아가라 인생은 죽
음을 향해 가는 자의 헛소리다 우울한 젊음과 침묵의 절
벽 앞에 이르러 나아갈 수도 돌아설 수도 없는 사람들을
위해 써졌다 세상에는 무수한 비밀이 존재하지만 굳이
알 필요가 없는 것과 알지 않는 게 더 좋은 것도 있다 하
지만 비밀을 욕망하는 자에게는 복이 있을지다
                              ―「아무 일 아니라는 듯 말했다」 부분

　총 4편의 장시로 구성된 이 시집에서, 시인은 자신이
감각한 세계에 대한 기억을 묶어 시적 세계를 창조한다.
단 하나의 제목으로 여러 묶음의 시적 텍스트가 산재
해 있다는 사실은, 그에게 있어 '제목'이 갖는 의미가 단
순히 한 묶음의 시적 텍스트에 대한 구별의 의미가 아니
라는 점을 시사한다. 따라서 우리는 위의 텍스트 또한
「아무 일 아니라는 듯 말했다」라는 제목의 부분 집합
이자, 그러한 집합을 초과하는 잉여적인 것으로 바라볼
필요에 당도한다. 아마도 이 텍스트는 "나"라는 주어와
"시집"이라는 시어로 인해 본 시집에 대한 최소한의 가
이드 역할을 할 것으로 생각해 볼 수도 있다. 하지만 여
기에서 화자가 말하는 것은 시와 시집에 대한 최소 정의

에 대한 것이 아니라는 것에 주목해야 한다. 그가 밝히
는 것은 "이것이 시다 아니다 말하지 않는다"라는 모호
한 복잡성의 지점이다. 무엇이라 정의할 수는 없지만, 동
시에 어떤 것이 아니라고 부정할 수도 없는 텍스트의 집
합체, 그것이 바로 이 시집의 정체이다. 하지만 동시에 이
와 같은 정체는 '시'란 무엇인가라는 정의에 대해, 스스
로에 대한 정의를 배반해야 한다는 역설을 실행한 결과
물이기도 하다. 그러한 의미에서, 김사람의 시가 반복하
는 것은 바로 시에 대한 최소한의 정의로서의, 자신에 대
한 정의의 배반인 셈이다.

    나는 저주를 받았구나

    너를 사랑하게 된 사건과 꽃이 지는 과정 같은
    논리도 없고 이론도 없다

    확률의 세계다

    문신 하나 새기지 못하는
    하늘에서 너의 얼굴이 날아다닌다
                    —「아무 일 아니라는 듯 말했다」 부분

이러한 화자의 눈에 세계는 최소한의 논리 구조를 통해 구성된 것처럼 비춰진다. 하지만 여기에서 말하는 논리 구조란 빈틈없이 짜인 확고하고 명징한 수식과 같은 것을 의미하지 않는다. 그에게 있어 세계란 논리라 부를 수 없을 만큼 엉성하고 수많은 빈틈에도 불구하고 이어 붙여져 만들어진 조악한 비논리적 구조의 결과물이다. 그에게 있어 세계란, 바로 이 빈틈을 얼마나 효율적으로 감추고 이어 붙이느냐에 따라 운용되는 결과물처럼 감각된다.

　그 구조 한 축에 인간이 존재하는 것일 텐데, 이때 나타나는 인간의 모습은 이성과 합리를 통해 추인된 근대적 인간의 표상이 아니라, 비논리의 극단적 결과물이자 비논리의 논리를 통해 구성되는 세계를 거듭 유지하고 지속될 수 있게 만드는 최소한의 준거이다. 이를 단순히 비이성적이라 말할 수 없는 것은, 「아무 일 아니라는 듯 말했다」에서 포착되는 세계의 모습이 '이성'이라는 일정한 논리를 통해 구성되어 있으며, 그에 따라 자연스럽게 지속되고 있기 때문이다. 그러한 세계 속에서 '사랑'은 확실히 기적이되, 이 세계의 지속을 위해 거듭 발생해야만 하는 필연적인 기적이다. 따라서 이 세계는 논리적이다. 하지만 그 논리 자체의 타당성에 대한 검증이 객관적으로 이뤄질 수는 없는 세계이고, 그것은 사랑의 정반대

편에 위치한 '폭력'의 요소가 상존할 수밖에 없는 이유
이기도 하다.

　　　　대학에서 기타만 쳤다

　　　　젊은 교수는 낡은 교재를 읽어 주고
　　　　학생들은 필기를 했다

　　　　햇살이 불어와 책을 태우고
　　　　난 그룹사운드에 가입했다

　　　　록은 젊음 자유 낭만이라던
　　　　선배들에게 정기적으로 빳다질을 당했다

　　　　복종과 질서 속에서 헤드뱅잉을 하며
　　　　미래를 규칙적으로 연주했다

　　　　우리는 그렇게 어른이 되고
　　　　선생이 되어 버렸다
　　　　　　　　　　　—「아무 일 아니라는 듯 말했다」 부분

　　"록은 젊음 자유 낭만이라던/선배들에게 정기적으

로 뺏다질을 당"하는 '나'의 학창 시절에 대한 묘사는 이
와 같은 세계의 논리 구조와 그 기저에 존재하는 모순적
인 성질을 일상적 이미지를 통해 잘 보여 준다. 그것은
곧 "복종과 질서 속에서 헤드뱅잉을" 하는 기이한 현상
으로 이어지며 "미래를 규칙적으로 연주"하는, 그리하
여 "어른이 되고/선생이 되"는 현상으로까지 이어진다.
이와 같은 세계상을 간추려 말하자면, 이 세계에서의 젊
음, 자유, 낭만은 세계에 대한 반항이지만 동시에 세계가
허락한 한에서의 형식적 반항이다. 그렇기에 이와 같은
반항은 그 기저에서부터 세계의 구조와 밀접하게 연관
되어 있는 것이지, 본원적 의미에서의 반항이라고는 말
할 수 없다. 세계에 반항하려는 주체조차도 세계에 포섭
되어 있는 폐쇄적인 세계가 바로 김사람의 시적 화자가
바라본 세계의 본모습인 것이다. 이처럼 그의 눈에 비친
이 세계의 진상은 탈권위의 욕망조차 권위 아래 포섭된
폐쇄적인 세계로 묘사된다.

옷은 왜 입는 거야?
마음을 가리는 마음으로
다른 옷을 입고 다른 말을 해도
같은 감정으로 웃는다
가장 좋은 것들을 진열하고

동시에 같은 것을 고른다

눈치 보고 경계하고 감시하지 않으면
불안해서 불완전해진다
언어의 옷을 벗기고 싶어

말하지 않기 위해 말을 한다
소통하지 않기 위해 소통한다
당신 이름을 부른 뒤
내 얼굴을 바꿨어

부디 알아볼 수 있기를
너의 태어남을 왜 알리지 않았니
눈을 마주치지 말자
소통하기 위해 소통하지 않는다

짝이 다른 양말 신고
바람개비처럼 돌아
구역질을 참으며 숨을 참으며

소리 질러

죽지 않기 위해 죽어
사랑하지 않기 위해

나는 늙어 병들고 아파서 혹은
불의의 사고로 죽는 게 아닐 테다

이제는 그만
죽어도 괜찮다

생각을 하며 죽을 테다
생각은 죽음을 지연시킨다
　　　　　　　　—「아무 일 아니라는 듯 말했다」 부분

　하지만 이 세계는 허울 좋은 말들로 포장되어 있으며, 그러한 이율배반을 결코 직접적으로 노출하지 않는다. 그 때문에 사람들은, 심지어 세계와 체계, 구조에 반항하던 사람들마저도 때가 되면 그러한 구조 자체에 순응하며 스스로 그와 같은 모순을 반복한다. 저항하는 주체는 순응의 과정을 거쳐 모순을 재생산하는 주체로 탈바꿈하게 된다. 개성, 취향, 습관과 같은 단어들은 인간 객체가 지닌 서로 다른 지향을 의미하는 것처럼 보이지만, 구조의 폐쇄성 속에서 결과적으로는 타자가 제시하는 "가

장 좋은 것"에 대한 선택이자 "같은 것을 고"르는 행위로
의 이행일 뿐이다. 그 때문에 화자는 이와 같은 세계의
표면적 모습에 질려 하고, 그 이면으로 나아가기를 희구
하지만 사실 그와 같은 시도는 쉽사리 성공하지 못한다.

여기에는 세계의 허울 이면에 존재하는 것이 근본적
인 이율배반에 불과하다는 구조적인 문제가 전제되지
만, 동시에 그러한 주체의 욕망과 그에 따른 행동 자체부
터가 화자에게 있어서도 고통과 공포를 불러일으키기
때문이다. 그러한 의미에서 이 시집에서 나타나는 주체
의 모습은 흡사 저주를 받은 것처럼 느껴진다. 세계가 제
시하는 표면적인 욕망에 온전히 복속될 수도 없을뿐더
러, 그와 같은 욕망으로부터 완전히 탈주하지도 못한 채
오직 소리를 지르고, 괴로워하고, 고통에 신음하면서 "죽
지 않기 위해 죽"고, "사랑하지 않기 위해" 애쓸 수밖에
없는 불완전한 모습으로 내던져진 채이기 때문이다. 그
렇기에 화자는 이 세계를, 인간 주체를 훈육하기 위한 거
대한, 동시에 불합리하고 불완전한 "틀"로 인식하며 다음
과 같이 말한다. "틀에 맞춰 살면 인간미가 없고/틀을 벗
어나면 인간도 아니다". "틀" 자체의 불완전함과 그 속에
내재된 근원적 모순으로 인해 그것이 인간 주체에게 완
전하게 작동하지 않음에도 불구하고, 그럼에도 인간은
스스로 "틀"에 맞춰야만 한다. 그리고 이 과정에서, 인간

은 "인간미"로 표현되는 인간다움을 잃어버린다. 반대로 "틀"에서 벗어나려 시도하는 순간, 그는 인간으로 식별되지 않으며 그 자체의 지위를 완전히 말소당하고 만다.

만약 화자가 그러한 세계의 불합리와 모순, 혹은 세계의 근간에 자리한 이율배반의 지점을 미처 눈치채지 못했더라면 이 세계에 대한 고통을 감각할 이유는 없었을 것이다. 따라서 화자에게 있어 이 세계에 대한 지식과 지혜는 축복인 것이 아니라 자신에게 운명적인 고통을 초래하게 될 저주에 가깝다. 그렇기에 화자는 다음과 같이 말한다. "나와 세계는 태초부터 잘못 맞춰졌다"고. 예컨대 이 세계와 화자 사이의 불화는 처음부터 운명론적으로 결정되어 있는 문제였던 셈이다.

3.

그런 화자에게 선택지는 두 가지가 있다. 하나는 이율배반의 지점으로부터 반 발짝쯤 떨어져 흐린 눈을 한 채 세계의 모순을 승인하며 그것을 적극적으로 재생산하며 살아가는 것이다. 하지만 화자는 그와 같은 선택을 감히 하지 못한다. 그는 "눈앞에서 아이들이 죽어 가는" 모습에 고통을 느끼며, 그럼에도 불구하고 여전히 편재적으로 아름다운 세계의 모습 사이에서 극심한 통증을 느끼는 특수한 감각을 지니고 있기 때문이다. 이와 같은 화자의 특수한 감각과 그로 인해 세계와의 불화 속에서 초래되는 통증과 신음의 연대기가 바로 「과거의 비는 그칠 줄 모른다」의 기원이 아닐까. "적어도 나는 아름답게 살 줄 알았다"라고 말할 때, 이 아름다움이란 단순한 심미적 만족만을 의미하는 것이 아니라 마치 희랍어에서 말하는 아름다움으로서의 χαρι(카리스, Charis)와 같이 '선', 타인과의 교류 사이에서의 '영향력', '은혜'와 같은 복합적인 의미를 소유하게 되는 것은 바로 이와 같은 기원이 존재하기 때문이다.

> 꿈은 악몽이었지만
> 한순간만은 아름다웠습니다
>
> 당신에게 안부를 묻다 말고
> 다시 어딘가로 급히 도망가야 했지만요
>
> 사실 꿈처럼 희미하고
> 과거처럼 기억이 나질 않습니다
>
> (중략)
>
> 상처는 우리 안에 중력을 만든다

무의식 안으로 깊이 더 깊이
상처를 구겨 넣어 마침내
인간은 자기만의 블랙홀을 가진다

갇힌다
　　　　　　　　—「과거의 비는 그칠 줄 모른다」부분

　그 때문에 두 번째 장시인「과거의 비는 그칠 줄 모른
다」에서는 과거에 벌어진 모종의 상처와 그 사이에서 피
어나는 복합적 의미로서의 '아름다움'이 시소의 양극 운
동처럼 반복되어 벌어진다. 상처와 아름다움은 완전히
분리되지 못하고 거듭 반복되는데, 이는 인간의 내면에
존재하는 '상처'라는 것이 마치 블랙홀과 같이 중력을
가진 까닭이다. 개인의 내면에 새겨진 상처는 세계와 그
무대 위의 인간 존재 사이의 불화로부터 필연적으로 발
생하는 불일치의 상흔이라 할 수 있는데, 그것이 인간 존
재의 내면에서 블랙홀과 같이 강력한 중력을 가진다는
화자의 진술에 주목해 보자. 어쩌면 인간 존재란 내면의
존재론적 상처를 통해 자신의 감각과 경험, 정서 따위를
배치함으로써 하나의 인격으로 완성되는 것이 아닐까.
다만 이때의 완성된 인간이란 세계의 불합리와 모순을
재생산하는 인간 존재와는 구별되는, 복합적 의미에서

의 '아름다움'을 소유한 인간에 가깝다 할 수 있을 것이
다. 그런 의미에서, 화자가 밝혀 온 아름다움에 대한 소
망이란 다름 아니라 인간이 되는 것이라 할 수 있다. 그
리고 그 인간 존재란 "~되고 싶었고/~되고 싶었다"라는
문형의 반복 속에서 펼쳐진 것과 같이, 특정한 직업이나
지식이나 부의 소유를 통해 결정되는 것이 아니라 어떤
환경에서든 가능한 동시에 어떤 상황에서도 성취되기
어려운 궁극적인 상태라 할 수 있다.

　하지만 이 말을 뒤집어 보자면, 그러한 인간은 결국
자신의 내면에 존재하는 상처의 중력으로부터 기원하
는 존재가 아닌가. 그렇다면 화자가 외치고 있는 '인간'이
란 다름 아닌 자신에게 새겨진 상처에 대해, 그 근원으
로서의 상실의 기억에 대해 거듭 귀 기울이며 살아가는
특수하면서도 보편적인 인간 형상이 아닐까. 그렇기에
화자는 다음과 같이 말한다.

　　우리는 모두 신이었다
　　사랑을 알기 전까지는

　　그래서 스스로
　　미래를 비밀에 부쳤다

신을 포기하며

그때는 몰랐다
인간이라고 모두 사랑을 할 수 있는 것은 아니라는
사실을

　　　　　　　　—「아무 일 아니라는 듯 말했다」 부분

　세계가 완벽하고 합리적인 논리 구조를 통해 축조된
것이 아니라, 무수한 빈틈과 비논리의 합산을 통해 구
축된 특수한 논리의 양상이라는 사실을 우리는 이미 알
고 있다. 그렇기에 세계는 무수한 폭력을 발생시키며 그
것을 세계 내 존재들에게 끝없이 강요한다. 하지만 만약
세계가 완벽하게 질서정연하며 합리적일 뿐인 논리 구
조의 결과물이라면, 그 위의 세계 내 존재에게는 무엇이
허락될 수 있을까. 없다. 오직 질서에 따른 합리적 연산
의 결과만이 계속해서 배치되고 배열될 뿐일 것이다. 어
쩌면 자유란 세계의 근본적인 이율배반의 가장 아름다
운 산물일지도 모른다. 그리고 이 모순 속에 '사랑' 또한
존재한다. 사랑이 가능한 것은 오직 이 세계가 비논리의
논리적 산물이라는 특수한 양상 속에서만 가능하다.
　만약 이 세계가 빈틈없는 합리성으로 축조된 완전
한 폐쇄적인 환경이었다면, 여기에서는 어떠한 우연성

도 구성될 수 없다. 비록 이 우연성의 산물의 한쪽 면이 폭력으로 얼룩져 있다 할지라도, 사랑은 철저하게 비논리의 논리를 통해서만 태어날 수 있는, 이 세계의 또 다른 일면인 것이다. 그러한 의미에서 화자가 지향하는 '아름다움'이란 비로소 실체적인 의미를 지닌다. "남자들의 눈은 전쟁을 동경한다"(「남자들의 눈은 전쟁을 동경한다」)라는 진술에서와 같이, 폭력으로 손쉽게 치우칠 수 있는 비논리의 논리적 세계 속에서, 관계성의 일면으로서의 사랑을 향해 손을 내뻗는 것. 그 과정을 위해 자신의 내면에 새겨진 상처가 지닌 중력에 거듭 휩쓸리면서도, 계속해서 나아가는 것이다.

그렇기에 우리는 「꿈에도 예의가 필요하다」에서 화자가 "얼굴이 사라졌을 뿐인데/세계가 어두워졌다"라고 진술한 것에 주목해야 한다. 비록 이 세계가 우연성으로부터 정초된 비논리의 논리라는 특수한 양태의 산물에 불과한 것일지라도, 우리는 이 세계 속에서 여전히 밝음을 희구할 수 있고, 아름다워질 수 있는 가능성을 소유한다. 하지만 이 가능성은 그 자체로서 스스로에 의해 개화할 수 있는 자동적인 것이 아니다. 여기에는 늘 무수한 주체의 선택과 그 과정에서의 상처가, 그리하여 얻어지는 고통과 슬픔의 기록이 수반된다. 세계가 만들어낸 일면으로서의 폭력과 그것으로부터 탄생하는 상처에 스스로를 담그는 일, 그리하여 상처가 만들어내는 내면의 중력에 자신을 맡기어 세계의 사물을 다시금 배치하는 일. 이와 같은 고통스러운 과정을 통해서만 사랑은 그 의미를 드러낸다. 그러니 김사람의 시는 끝없이 길어진다. 사랑은 한순간의 접촉을 통해 소유할 수 있는 것이 아니라, 고통스러운 그 과정 자체 속에서만 점멸하듯 식별될 수 있는 찰나의 사물이기 때문에.

그렇기에 김사람의 시적 화자는 계속해서 고통의 순간을 자신의 시 속에 추인하며, 거듭 이어지는 이야기를 써 나간다. 그 과정은 결코 일상어라는 언어의 일면에 의해 포착될 수 없는 것이기에, 그는 계속해서 자신이 말하고자 하는 바로부터 자신이 말한 바를 부정하며 진술을 이어 간다. 시적 정의를 충족시키기 위한 시적 정의에 대한 배반이라는 이율배반의 형식 속에서, 그의 진술이 계속 이어지는 까닭이다. 우리는 이것을 사랑을 위한 여정이라고밖에는 수식할 수 없다. 그리고 이것이 여정인 한에서, 사랑은 반복적으로 점멸하듯 찰나에 가까운 속도로 우리 앞을 스쳐 지나가겠지만 그 여정이 끝나지 않는 한, 시적 화자가 계속해서 진술을 이어 나가는 한 우리는 김사람의 시집에서 거듭 사랑을 만나게 될 것이다. 오직 그것만이 "전쟁을 동경"하는 사람들의 세계 속에서 사랑을 견인하는 유일한 방법이기 때문에.

남자들의 눈은 전쟁을 동경한다
2024년 2월 29일 1판 1쇄 펴냄

지은이   김사람
펴낸이   김성규
편집   김안녕 한도연
디자인   신아영
펴낸곳   걷는사람
주소   서울 마포구 월드컵로16길 51 서교자이빌 304호
전화   02 323 2602
팩스   02 323 2603
등록   2016년 11월 18일 제25100-2016-000083호

ISBN 979-11-93412-31-2 04810
ISBN 979-11-89128-01-2 (세트)